JN272086

ぼくは めいたんてい

めいたんていネートと なかまたち

めいたんていネートが、さまざまな じけんを、
みごとな なぞときで かいけつして いきます！

ネート

じけんを かいけつする めいたんてい。
じけんのときは、たんていらしい かっこうで、
ママに おきてがみをして 出《で》かける。
パンケーキが 大《だい》すき。
よく はたらき、はたらいた あとは
よく 休《やす》むことに している。

いつもは
こんな かんじ！

じけんを かいけつちゅうの
ネートと スラッジ

スラッジ

じけんの かいけつを
手《て》つだってくれる
ネートの あいぼう。
のはらで 見《み》つけた犬《いぬ》。
ふるくなった パンケーキを
たべていたので、ネートは
おなじ なかまだと おもった。

ハリー

アニーの
おとうと。

ファング

アニーの 犬《いぬ》。
でっかくて、
するどい はを
もっている。

アニー

ちゃいろの
かみと、
ちゃいろの
目《め》を した
よく わらう
かわいい子《こ》。
きいろが すき。

オリバー

ネートの
となりの いえに
すんでいる。
すぐに 人《ひと》に
ついてきて、はなれない。
ウナギを かっている。

ロザモンド

くろい かみと、
みどりいろの
目《め》を した 女《おんな》の子《こ》。
いつも かわった
ことを している。

クロード

いつも
なくしものを したり、
みちに まよったり
している。

エスメラルダ

りこうで、
なんでも
しっている。

ロザモンドの ねこたち

スーパー
ヘックス

大《おお》きい
ヘックス

なみの
ヘックス

小《ちい》さい
ヘックス

フィンリー

べらべらと
よく
しゃべる。

ピップ

むくちで
あまり
しゃべらない。

ぼくは めいたんてい

なくなった かいものメモ

マージョリー・W・シャーマット／ぶん
マーク・シーモント／え
光吉夏弥／やく

大日本図書

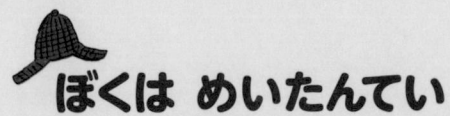

ぼくは　めいたんていの　ネートです。
いつもは　いそがしいのですが、けさは
めずらしく　ひまだったので、きゅうかを
とる　ことに　しました。
うらにわの　木《き》の下《した》に　すわって、
すずしい　そよかぜに　ふかれながら、
ぼくは　パンケーキを　たべて　いました。
そばには、あいぼうの　犬《いぬ》の　スラッジが、
ながながと　ねそべって　います。スラッジにも
やはり、きゅうかは　ひつようなのです。

SYRUP

そこへ、なかよしの　クロードが
やって　きました。
また、なにか　なくしたのに
ちがいない　ことが、めいたんていの
ネートには、ひとめで　わかりました。
クロードは　いつも、なくしものを
したり、みちに　まよったり　して　いるのです。
「ここへ　くるのに、また、みちに　まよっちゃった」と、
クロードは　いいました。「でも、どうにか　わかったよ。」
「なくしものの　ほうは？」と、ぼくは　ききました。

「それがね」と、クロードは　いいました。

「スーパーへ　いく　とちゅう、だいじな　かいものメモを　なくしちゃったんだ。さがして　くれる？」

「ぼくは　いま、きゅうかちゅうなんだよ。」と、ぼくは　いいました。

「きゅうかは　いつまでなの？」

「まあ、ひるごはんごろまでさ。」

「ぼくは　ひるごはんまえに、どう　しても　その　かいものメモが　いるんだ。」と、クロードは　いいました。

「いいとも。
めいたんていの　ネートが
なんとか　さがして
やるよ。」と、
ぼくは　いいました。
「ところで、メモには　なにが
かいて　あったんだい？」
「それが　おもいだせたら、

メモなんか　なくったって　いいんだけど。」と、
クロードは　いいました。
「よく　かんがえるんだな。」と、ぼくは　いいました。
「メモに　かいて　あった　ものを、ほかに　しってる
ものは　いないの？」
「パパさ。パパが　かいたんだもの。」
「じゃ、パパを　さがすんだな。」
「ところが、パパは　いま、うちに　いないんだ。
ひるごはんまで、かえって　こないんだよ。」と、
クロードは　いいました。

「メモに　あった　ものを、いくらか　おぼえてるかい？」

と、ぼくは　ききました。

「うん、」と、クロードは　いいました。

「しおに、ミルクに、バターに、こむぎこに、さとうに、まぐろの　かんづめ。」

「いったい、どこで　その　メモを　なくしたんだ？」

「それが　わかってりゃ、じぶんで　さがせるさ。」と、クロードは　いいました。

「そんな　ことを　いって　いいのかな？」と、ぼくは　いいました。

「きみは、どの　とおりを　あるいてたんだ？」

「さあ。」と、クロードは　いいました。「ぼくって、ときどき、みちに　まよっちゃうんだ。」

「それなら、どう　すりゃ　いいか、めいたんていの

ネートには　わかってるよ。」と、ぼくは　いいました。

「きみの　うちと　スーパーの　あいだの、ぜんぶの

とおりの　ちずを　かいて、それを　たどって　みりゃ

いいんだ。」

スラッジと　ぼくは、たちあがりました。

きゅうかは、これで　おわりです。

ぼくは　かみを
二まいと、
ペンを　もって
きて、一まいに、
ちずを
かきました。
それから、
もう　一まいに、
おきてがみを
かきました。

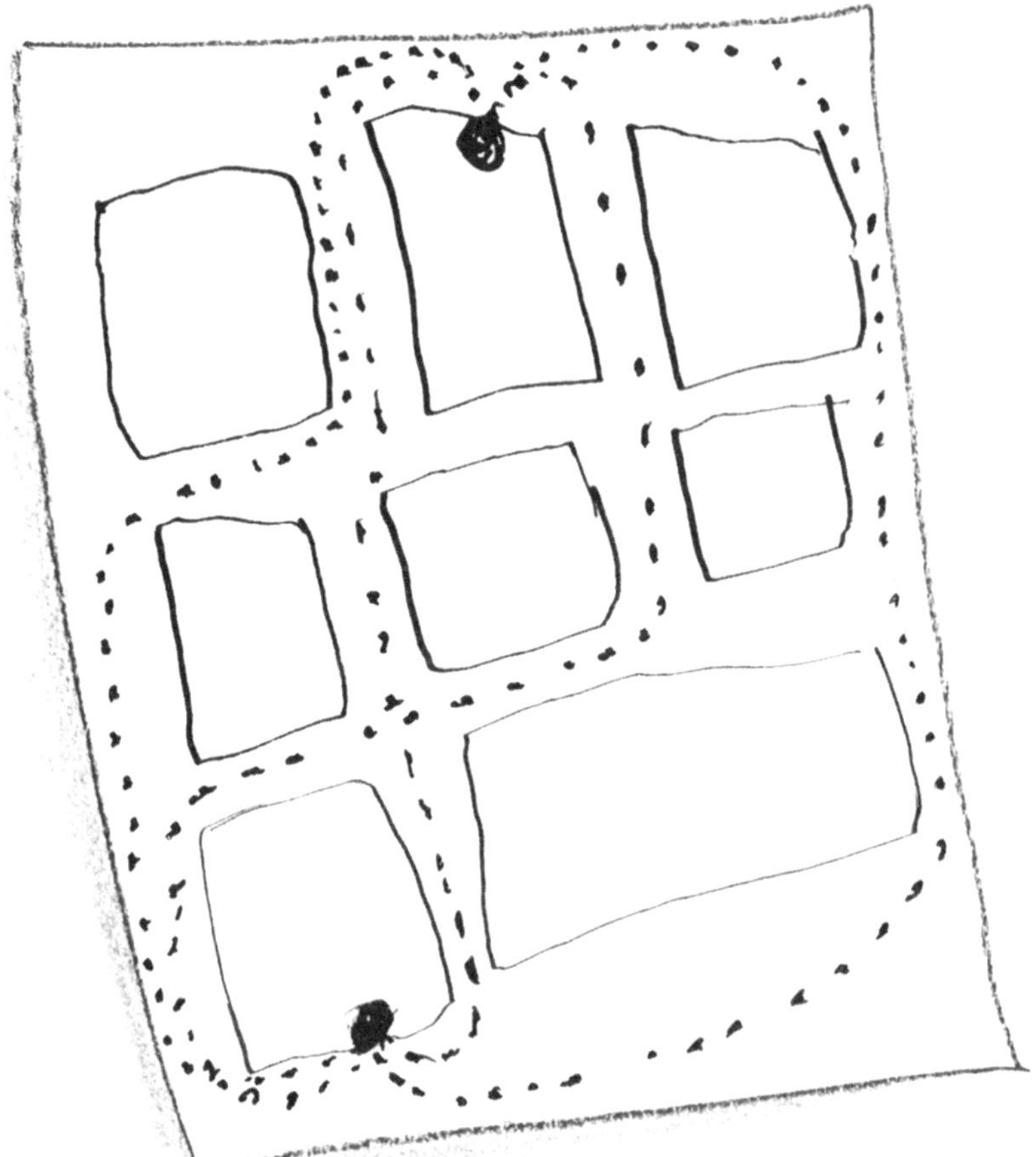

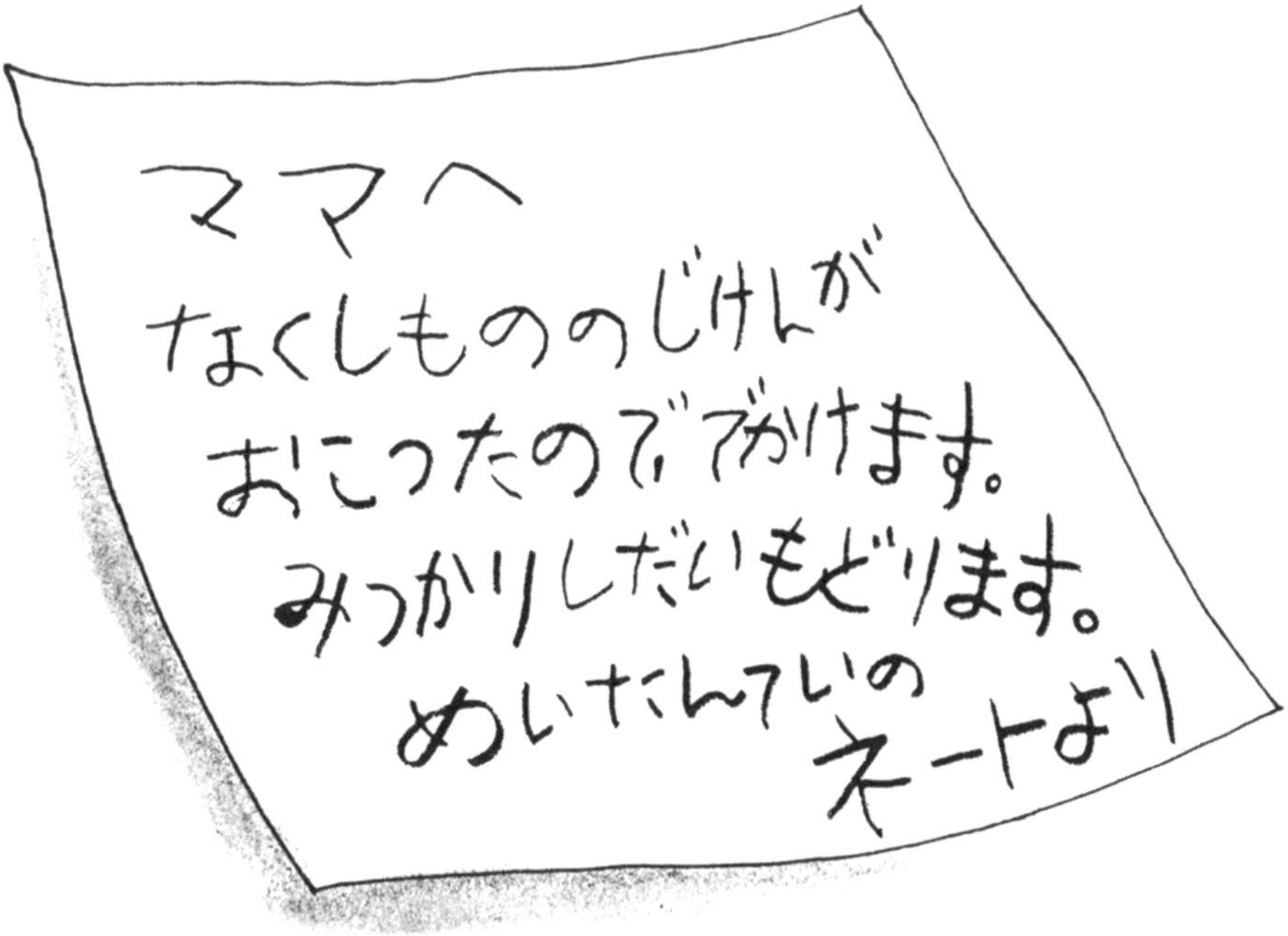
ママへ
なくしもののじけんが
おこったのででかけます。
みつかりしだいもどります。
めいたんていの
ネートより

「ぼくも　いっしょに
いくよ。」と、クロードが
いいました。
「でも、みちに
まよったり　するんじゃ
ないよ。」と、ぼくは
いいました。
「そうで　ないと、
じけんが　ふたつに
なっちゃうからね。」

ぼくたちは、クロードの　うちと　スーパーの　あいだを、
なんども、いったり　きたり　しました。
スラッジが　あちこち、かぎまわりました。
でも、メモは　みつかりませんでした。
「たぶん、かぜに　ふきとばされちゃったんだろう。」
そう　いって　ぼくは、ちずを　じめんに　おとしました。
「なにを　するのさ？」と、クロードが　ききました。
「こうすりゃ、かぜの　むきが　わかって、メモが
どっちの　ほうへ　とばされて　いったか　わかるからさ。」
と、ぼくは　いいました。

25円
30円

ちずは、ロザモンドの
うちの　ほうへ　とんで
いって、きえました。
「ぼくは　これから、
ロザモンドの　うちへ
いって、メモを　みたか
どうか　きいて　みるよ。」
と、ぼくは　いいました。
「じゃ、ぼくは　うちへ
いって、まってるよ。」

と、クロードは
いいました。
「いかなくたって、
きみの　うちは
すぐ　そこだよ。」
と、ぼくは
いいました。
「それなら、
みつけいいや。」と、
クロードは　いいました。

ぼくと　スラッジは、さっそく　ロザモンドの　うちへ
いきました。
ドアを　たたくと、ロザモンドが　でて　きました。
ロザモンドは、とても　かわった　子《こ》ですが、
きょうは　それどころか、からだじゅう、こなで
まっしろでした。
スラッジが　くんくん　かぎ、ぼくも　かぎました。
おいしそうな　においが、ぷんぷん　します。
パンケーキです。
ロザモンドは、パンケーキを　つくって　いたのです。

中《なか》へ　はいると、
ロザモンドの　四ひきの
くろねこが　いました。
　ところが、きょうは
ねこたちも　まっしろでした。
「この　ねこたちの　ために」と、
ロザモンドは　いいました。
「ねこの　パンケーキを
つくって　いたの。あたらしい
つくりかたで――。」

「どんな　あじか　ためして
みたいな。」と、ぼくは
いいました。
「でも、あんたは　ねこじゃ
ないもの。」と、ロザモンドは
いいました。
「とにかく、ちょっと
あじみを　して　みたいんだ。
パンケーキは　パンケーキだもの。」
と、ぼくは　いいました。

ひとくち　たべて　みると、
さかなの　あじが　しました。
「ぼくは　いま、クロードの
かいものメモを　さがしてるんだ。」
と、ぼくは　いいました。
「かぜに　ふきとばされて、
こっちの　ほうへ　とんで
きたらしいんだけど、みなかった？」
「かいものメモなんか、
みなかったわ。でも――」と、

ロザモンドは　いいました。
「でも、なにさ？」
「まどの　そとを、アニーと
犬《いぬ》の　ファングが　とおって
いくのを　みたわ。
その　とき　ファングが
かみきれを　くわえて
いたけど、あれが
その　かいもののメモかも
しれないわね。」

「ありがとう。パンケーキを
どうも　ごちそうさま。」
そう　いって、ぼくは
たちあがりました。
「あたし、これから　ねこの
パンケーキ・パーティを
ひらくの。しってるだけの
ねこを　しょうたいして。
あなたも　こない？」と、
ロザモンドは　いいました。

「でも、ぼくは　ねこじゃ
ないもの。」
「それは　さっき、
あたしが　あなたに
いった　ことじゃ　ないの。」
と、ロザモンドは
いいました。
ぼくと　スラッジは、
アニーと　ファングに
あいに　いきました。

「じつは、クロードの　かいものメモを　さがして
いるんだけど、ファングの　くわえて　いる　かみきれが、
どうも　そうらしいんだ。」と、ぼくは　いいました。
「あれは　はなさないわよ。」と、アニーは　いいました。
「ひったくれない？」
「そんな　ことを　したら、ファングが　かんかんに
なっちゃうわよ。」
「ファングが　おこる　ところなんか　みたく　ないね。
するどい　はを　もってる　ものは、きげんよく　させて
おかなくちゃ。」と、ぼくは　いいました。

でも、どう　やったら、
ファングの　口《くち》から　かみきれを
とりもどせるでしょう？
ふと、ぼくは　いい
かんがえが　うかびました。
「スラッジ、ワン！　と　やって
ごらん。」と、ぼくは　いいました。
スラッジが　ワン！　と　やると、
ファングも　ワン！　と、やりかえしました。
かみきれが、口《くち》から　おちました。

ぼくは　いそいで
手《て》を　のばしましたが、
かみきれは　さっと、
かぜに　とばされて
いって　しまいました。
ぼくが　おいかけ、
スラッジが　ぼくを　おいかけ、
ファングが　スラッジを
おいかけ、アニーが
ファングを　おいかけました。

かみきれは　まちかどを
まわりました。ぼくも
まちかどを　まわり、
スラッジも　まわり、
ファングも　まわり、
アニーも　まわりました。
　しまいに、
かみきれは
かなあみの　へいに
ふきつけられました。

ぼくは、おおいそぎで、かみきれをひっつかみました。

どうやら、じけんは　かいけつです。

ところが、かみきれを　みると、せんがいっぱい　かいて　あるだけでした。

かみきれは、ぼくの　ちずだったのです。

アニーと　ファングに　ありがとうをいって、ぼくと　スラッジは、クロードのうちへ　いきました。

クロードは、ちゃんと　うちに　いました。

べつに　まいごには
なって　いませんでした。
「メモは　まだ、
みつからないんだ。もっと
メモに　あった　ものを
おもいだして　ごらんよ。」
「そんな　ことが、なんの
たしに　なるの？」
「まあ、まかせて　おけよ。」
と、ぼくは　いいました。

「ああ、おもいだした、おもいだした。
もう　ふたつ。」と、
クロードは　いいました。
「たまごに、ふくらしこ。」
「いいぞ。」と、
ぼくは　いいました。
「ひるごはんまえに、メモを
みつけられる？」と、クロードは　ききました。
「そうだと、いいんだけど。」と、ぼくは　いいました。
「十一じに、ぼくの　うちへ　おいでよ。」

スラッジと　ぼくは、ゆっくり
うちへ　かえって　いきました。
これは、むずかしい　じけんです。
うちへ　かえると、ぼくは
パンケーキを　すこし
つくりました。
たまごと　こむぎこと
しおと　ふくらしこと
ミルクと　バターと
さとうを　まぜて——。

スラッジには
ほねを　一本《ぽん》
やりました。
たべながら、
ぼくは
かんがえに
かんがえました。
メモの
ことを
かんがえ、

ロザモンドと　さかなの　あじの　する　パンケーキの
ことを　かんがえ、アニーと　ファングと　ちずの　ことを
かんがえ、それから、みんな　いっしょに　して　かんがえ、
また、べつべつに　して　かんがえました。
すると、とても　いい　かんがえが　うかびました。
ぼくは　もう　一ど、ロザモンドの　うちへ　いって
みなくちゃと　おもいました。
そんな　ことは　したく　ありませんでした。
ロザモンドと、ねこで　いっぱいの　パーティへなんか
いきたく　ありませんでしたが、でも、これは　しごとです。

ぼくは、ロザモンドと　かぞえきれないくらい
たくさんの　ねこに、「ハロー！」と、いいました。
ねこは、ゆかの　上《うえ》にも、テーブルの　上《うえ》にも、
いすの　上《うえ》にも、そこいらじゅうに　いました。
「ねこの　パンケーキの　ことで、また　きたんだけど。」と、
ぼくは、いいました。
「もっと、たべたいの？」と、ロザモンドは　ききました。
「いや、それの　つくりかたを　かいた　ものが　あったら、
みせて　ほしいんだ。」と、ぼくは　いいました。
「それなら、ここに　あるわ。」と、ロザモンドは　いいました。

かみきれには、ざいりょうが　かいて　あるだけでした。
「つくりかたの　せつめいは、なにも　かいて
ないんだね。」と、ぼくは　いいました。

「そんなの
いらないわよ。
すこしずつ、
いっしょに
まぜあわせさえ
すりゃ、
いいんだもの。」

「ところで、これは
どこで 手《て》に
いれたの？」
「みつけたのよ、
けさ。」
「やっぱり、そうか。
この うちの
ちかくで
めっけたの？」
「そうよ。でも、

どうして　そんな
こと　しってるの？」
「じつは、この
ねこの
パンケーキの
つくりかたこそ、
クロードの
なくした
かいもののメモ
なんだよ。」

ぼくは　むねを　はって、エヘンと　ひとつ　やってから、
よみあげました。
「しお、ミルク、バター、こむぎこ、まぐろの　かんづめ、
たまご、ふくらしこ、さとう。」
「あたしは、その　かみきれを　みつけた　とき、てっきり、
ねこの　パンケーキの　あたらしい　つくりかたと
おもっちゃったんだわ。」と、ロザモンドは　いいました。
「そして、ぼくは　ファングが　かみきれを　くわえて
いるのを　みた　とき、てっきり、かいものメモと
おもっちゃったんだ。どっちも、じぶんの　のぞんで

いる　ものに、
かんちがい
しちゃったのさ。
ぼくは　ちずを
かいものメモに、
きみは
かいものメモを
ねこの
パンケーキの
つくりかたに。」

「めいたんていの　ネートが　この
ことを　おもいついたのは、じぶんで
パンケーキを　つくって　いる
ときだった。たまごと　こむぎこと
しおと　ふくらしこと　ミルクと
バターと　さとうを　まぜて――。
これらは　みな、クロードが　メモに
かいて　あったと　いった　ものだった。
ほかに、クロードが　おもいだしたのは
まぐろだった。

ねこは　まぐろが　だいすきだから、
それで、ねこの　パンケーキの　ことを
おもいだしたのさ。」
「まあ！　そうなの。」と、
ロザモンドは　いいました。
「でも、これで　この　かみきれも
ぶじに　クロードの　手《て》に
もどるって　わけね。」
　それから、こう
いいました。

「ねこの パンケーキの つくりかたは、
あたしの あたまの なかに しまって
おくわ。」
「そりゃ、いい ばしょだ」と、
ぼくは いいました。
「かぜに ふきとばされたり
しっこ ないものね。」
ぼくは、ロザモンドと
かぞえきれないほど
たくさんの

ねこに　さよならを
いって、メモを
もって　うちへ
かえりました。
　もう　すぐ、
十一じです。十一じに
クロードが　きたら、
これを　わたして
やりさえ　すれば
いいのです。

十一じが　すぎました。
もう　十一じはんです。
でも、クロードは
あらわれませんでした。
どこにも、すがたが
みえません。
まいごに　なって
いなきゃ　いいがなあと、
ぼくは　おもいました。
十二じが　すぎました。

すると、やっと
クロードが　やって
きました。
ぼくは、さがしに
いかなくて　すんで、
やれやれと
おもいました。
これで、めでたく
じけんは
かいけつです。

けれども、めいたんていの
ネートには、まだ　だいじな
ことが　のこって　いました。
ぼくは　スラッジと　いっしょに
うらにわへ　いって、ゆっくり
きゅうかの　つづきを　たのしみました。

（おわり）

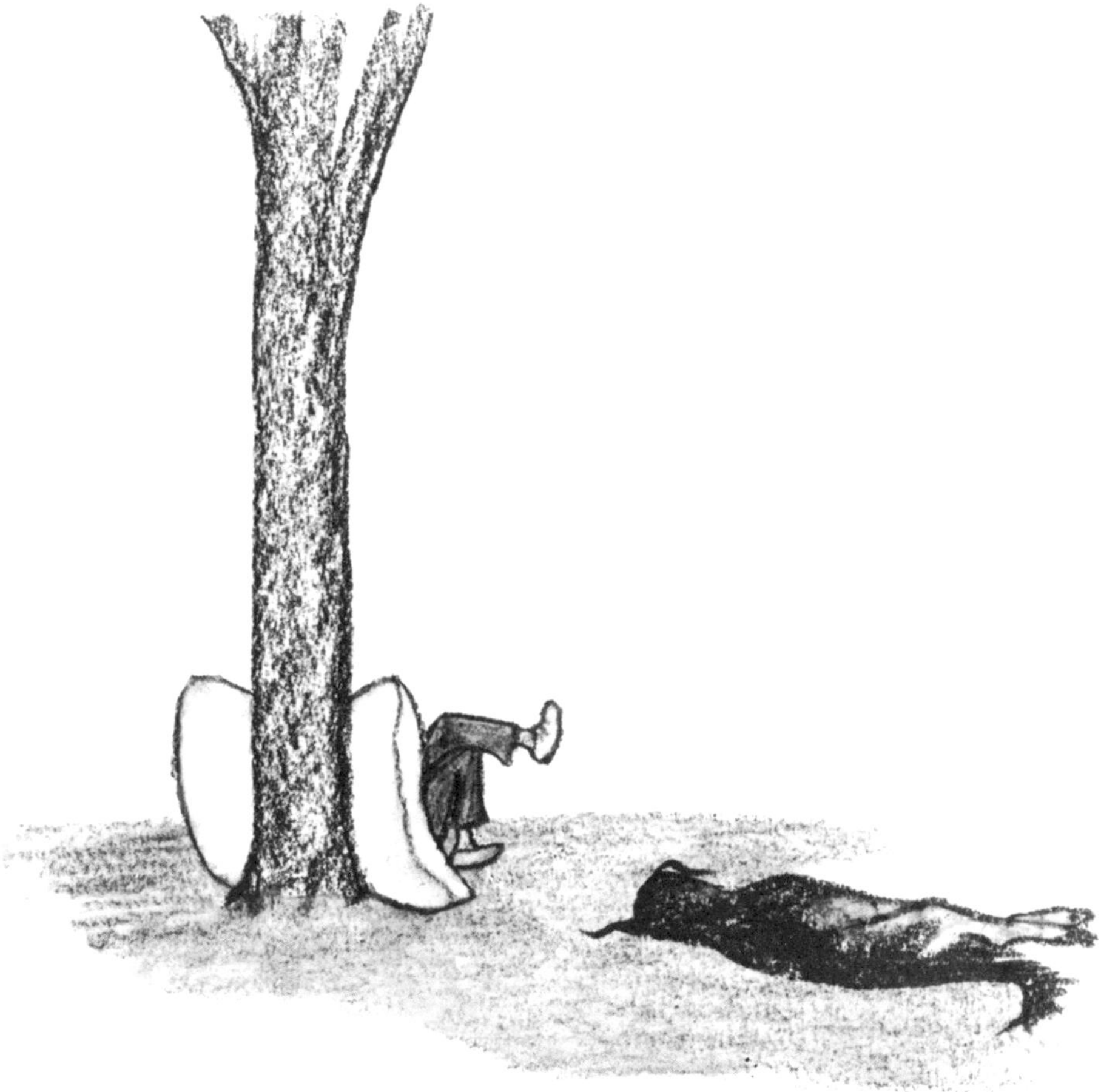

これが　ぜんぶ　できたら、

きみも　一《いち》にんまえの　たんていに　なれるよ。

もし、じけんに　いきづまったら、

パパや　ママの　たすけを　かりよう。

パパや　ママだって、

りっぱな　めいたんていに　なれるんだ。

めいたんていのネートより

めいたんていのこころえ

- しっかりと　かんがえること

- よき　あいぼうを　もつこと
  ぼくにとっては　スラッジ。もし　いなかったら、
  それでも　だいじょうぶ

- じょうほうを　せいかくに　おぼえること

- きいたことを　メモすること
  どこで、だれが、どうしたか　など

- よく　かんさつ　すること
  じじつや　手《て》がかりを　見《み》つけられる

- しつもんを　わすれないこと

- つみあげてきた　かんがえを　一《いち》ど　バラバラにして、
  また　一《いち》から　つみあげ　なおして　みること

- なにが　じゅうような　じょうほうで、
  なにが　そうでないかを　見《み》きわめること

あとがき

☆「ぼくはめいたんてい」は，アメリカの女流作家マージョリー・ワインマン・シャーマットが，1972年に第１作を出してから，10年にわたって書きつづけてきたヒットシリーズです。

パンケーキの大好きな９歳の名探偵ネートは，アニーの描いた黄色い犬の絵がどこかに消えてしまったのを探しだしたり（第１作），オリバーの家のゴミのカンをあさりにくる真夜中の犯人をつきとめたり（第２作），クロードがなくした買いものメモをさがしてやったり（第３作），クロードの大事な恐竜の切手を見つけ出したり（第４作），愛犬のファングの誕生日に鍵がわからなくなって大こまりのアニーを助けてやったり（第５作），雪の中に消えた誕生日のおくりものを探したり（第６作），つぎつぎに起こるさまざまな事件を，みごとな謎ときで，てきぱきと解決していきます。

事件はすべて，子どもたちの日常の生活の中にある，ちょっとした出来事ですが，それを追うネートの活躍に小さい読者たちは自分を同化し，機知にとむ謎ときの楽しさに共感して，喝采しました。こうして，名探偵ネートはたちまちアメリカ中の子どもたちのアイドルとなり，幼い子どもたちのための，この新しいタイプの探偵シリーズは，スコラスティック・サービス社やデル社のペーパーバックスにもなって，人気を拡大しました。

☆作者のシャーマットは，1928年，メイン州のポートランドで生まれ，小さいときからお話や詩や歌を書いていました。学校新聞の編集もし，友だちと探偵事務所を開いて，おとなの行動を〝スパイ〟したりもしました。「わたしの頭の中には，いつもくっついていて離れないものがいます。それがたえずわたしに新しいアイデアを供給し，書け，書けとせっつくのです。」と，彼女は語っています。絵をかいたマーク・シマントは，1915年，パリの生まれで，スペインのバルセロナで育ち，パリへもどって絵の勉強をしました。つづいて両親とともにアメリカへ移り，1936年に帰化して，39年から子どもの本の絵をかきはじめ，57年,「木はいいなあ」(ユードリイ文）でコールデコット絵本賞を獲得しました。

なお，この「ぼくはめいたんてい」のシリーズには，もう１冊，Nate the Great and the Phony Clue（1977）があり，それが４冊目にあたりますが，英語の「ことば」が鍵になっていて，翻訳が無理なので割愛しました。**(訳者)**

※2013年、日本語書名『なぞのかみきれをおえ！』(小宮由·訳）として発行しています。

訳者紹介

光吉 夏弥(みつよし なつや)

1904〜89年。佐賀県生まれ。慶應義塾大学卒業。毎日新聞記者をへて、絵本・写真・バレエの研究・評論に活躍。ヘレン・バンナーマン「ちびくろ・さんぼ」をはじめ、エッチ・エイ・レイ「ひとまねこざる」、マンロー・リーフ「はなのすきなうし」、ドーリィ「キュリー夫人」、シド・ホフ「ちびっこ大せんしゅ」など、児童書の翻訳多数。

新装版 ぼくは めいたんてい
なくなったかいものメモ

ぶん　マージョリー・ワインマン・シャーマット
え　マーク・シーモント
やく　光吉 夏弥
　　　小宮 由(めいたんていのこころえ)

2014年6月10日　第1刷発行
2023年2月28日　第4刷発行

発行者●中村 潤
発行所●大日本図書株式会社
　　　〒112-0012 東京都文京区大塚3-11-6
URL●https://www.dainippon-tosho.co.jp
電話●03-5940-8678(編集)
　　03-5940-8679(販売)
　　048-421-7812(受注センター)
振替●00190-2-219

デザイン●籾山真之(snug.)

印刷●株式会社精興社
製本●株式会社若林製本工場

ISBN978-4-477-02696-1
52P　21.0cm×14.8cm　NDC933
©2014 N. Mitsuyoshi, Yu Komiya　Printed in Japan

本書の一部あるいは全部を無断で複写複製することは、
法律で認められた場合を除き著作権の侵害となります。

NATE THE GREAT
AND THE LOST LIST

Text copyright©1975
by Marjorie Weinman Sharmat
Illustrations copyright©1975
by Marc Simont
Japanese translation rights
arranged with M. B. & M. E. Sharmat
Trust and Marc Simont c/o Harold
Ober Associates, Incorporated, New York
through Tuttle-Mori Agency, Inc., Tokyo